녹명鹿鳴을 꿈꾸며

허종열

경북 경산 출생. 경북대학교 영어영문학과와 서울대학교 신문대학원 졸업. 가톨릭신문사와 현대중공업을 거쳐, 평화신문 편집국장, 대통령 소속 의문사진상규명위원회 홍보팀장 역임.

2007년부터 시를 써서 발표하기 시작. 2010년 계간지 《시선》으로 등단. 시집 『녹명鹿鳴을 꿈꾸며』(2022) 『시로 쓰는 반성문』(2019) 『데리고 가요』(2016) 『먼지로 돌아가리라』(2011), 역서 『흑야』 『마천루』(1·2권) 『밀레니엄』(1·2권) 『가톨릭 윤리와 자본주의 정신』 『영원토록 당신 사랑 노래하리라』 『기나긴 겨울』 『노동과 사랑』 『사해 두루마리의 미스터리와 의미』 『아메리카의 전략 신학』 『하느님을 향해 세상을 향해』 『평화가 아니라 칼을』 『요한 23세 성인 교황』 등 27권 출간. 『제44차 세계성체대회 공식화보』 설명문 작성. 『한국 꾸르실료 20년사』 편찬.
ignahur@hanmail.net

녹명鹿鳴을 꿈꾸며

—

초판 1쇄 2022년 4월 18일
지은이 허종열
펴낸이 김영재
펴낸곳 책만드는집

—

주소 서울 마포구 양화로3길 99, 4층 (04022)
전화 3142-1585·6
팩스 336-8908
전자우편 chaekjip@naver.com
출판등록 1994년 1월 13일 제10-927호
ⓒ 허종열, 2022

—

ISBN 978-89-7944-799-6 (04810)
ISBN 978-89-7944-354-7 (세트)

책 만 드 는 집 　시 인 선 1 9 5

녹명鹿鳴을 꿈꾸며

허종열 시집

책만드는집

다산의 시작詩作 정신

'나라 걱정 안 하는 것은 시가 아니'라는
不憂國 非詩也.
이 글귀를 보고 어느 시인이
'불우한 나라에 태어나 시가 안 된다'고 해석하여
한바탕 웃었다는 일화가 있다.
농담 속에 진담이 더 선명해졌을 것이다.
유배 중 다산은 이런 가르침도 아들에게 주었다.
不傷時憤俗 非詩也.
'시대를 아파하고 세속에 분개하지 않으면
시가 아니'라는 것.

이 같은 다산 정약용의 가르침은
水急不流月.
세월이 급물살로 흘러갔지만

물속에 비친 밝은 달은 떠내려가지 않고
그대로다.

지금까지 다산의 시작 정신에 따라 시를 써왔다.
앞으로도 그럴 것이다. 이 시집에선 특히 다산의 시
작 정신을 넘어 사기를 북돋우고 격려하는 사설시조
를 몇 편 실었다. 서술형이라는 비판을 받으면서도
이런 형식의 시를 쓰는 것은 난해시難解詩에 질려버
린 탓도 있다. 난해시를 시가 외면받고 독자를 잃게
만든 주범으로 여기기 때문이다.

2022년 4월
허종열

| 차례 |

지향과 응답

간구하는 기도의 지향이 무엇인가

빵 아닌 돌을 달란다고 돌을 준다면
하느님이 아니다
생선 아닌 뱀을 달란다고 뱀을 준다면
하느님이 아니다
달걀 아닌 전갈을 청한다고 전갈을 준다면
하느님이 아니다

우리는 이따금 빵이 아니라 돌을
생선이 아니라 뱀을
달걀이 아닌 전갈을 청하곤 한다

구하고 찾고 두드리기에 앞서 물어라
그분의 뜻이 무엇인지 묻고 또 물어라

무소유의 힘

군정 시절 밀실정치의 현장 대원각 요정
무소유의 힘으로 하늘과 땅이 탈바꿈해
불·법·승 갖춘 청정 가람으로 변모한 길상사

풍악과 간드러진 웃음소리 흔적 없고
도량의 풍경 소리 목탁 소리 은은한데
성모님 닮은 관음상엔 화합이 담겼네

법정 스님 머물다 입적한 진영각 유물
길상화吉祥華 김영한의 사당과 공덕비
법정의 '무소유' 사상 진수를 전해준다

소유욕 버려야 진정한 자유 평화 얻고
청빈은 부보다 훨씬 값지고 귀하니
비움과 내려놓음이 아름다운 마무리

백석 시인과 기생 진향眞香의 모정慕情과 연가는

애틋하고 안타까운 감동의 배경음악

묵언 중 풍경이 대송하네

나무아미타불

악에서 구하소서

"악마는 존재하며 지금도 활동하고 있다"
성경과 성전, 교리에 근거하여 교종은
악마와 효과적으로 싸울 것을 권고한다

악마의 실재와 실체를 웅변하는 건
인간사회의 증오와 폭력의 악순환
왜곡과 조작으로 범람하는 가짜 뉴스

'거짓의 아비' '유혹자' 사탄의 연기가
교회 안에도 스며들어 있는 현상은
첫 주교 유다가 그 확실한 실례 아닌가

'놀먹'의 실체

이웃에 오신 김에 들러달라 초청하자
'구걸외교'라며 험담 악담으로 훼방했지만
남북미 정상들 '각본 없는 드라마'를 연출

북미 간 만남 위해 조연을 자원하자
"존재감 없다" 깎아내리고 헐뜯는 저 작태
여의도 '놀먹'*은 루치펠, 타락한 천사인가

2019. 7.

* 놀고먹는 국회의원.

한국 민주주의

과연 쓰레기통에 장미꽃이 피겠는가

1955년 UN에서 한국을 돕기 위해 파견된 메논은 "한국에서 경제 재건을 기대하는 것은 쓰레기통에서 장미꽃이 피기를 바라는 것"이라 했다 6·25 후 당시 한국의 1인당 GNP는 87달러 외환보유고는 2천3백만 달러 영국 〈런던 타임스〉 사이먼스 기자도 똑같은 말을 기사로 써 한국 민주주의와 경제를 체념했는데 60여 년이 지나 영국 〈이코노미스트〉가 발표한 세계 민주주의 지수는 한국이 20위 미국 21위 일본 23위 세계적인 권위를 인정받는 스웨덴의 '민주주의다양성연구소'는 인구 5천만 이상 1인당 국민소득 3만 달러 이상의 이른바 '30-50 클럽' 선진 7개국 중 한국을 가장 민주적인 국가로 평가했고 독일의 권위 있는 시사 주간지 〈디 차이트〉는 "이제 미국과 유럽은

16

한국에서 민주주의를 배워야 한다"는 칼럼을 실었다
  메논 대표와 사이먼스 기자여 보아라 당신들이 체
넘하고 경멸했던 쓰레기통에서

  장미가 '글로벌 스타'로 활짝 피어난 것을

밴댕이 소갈머리

수출 규제로 열린 한일 도쿄 실무회의
설명회라 써 붙인 창고 같은 회의장
한쪽에 간이 의자 쌓아놓은 간이 탁자 앞

반팔 차림 밴댕이 둘 등지고 앉아 있다
정장 차림 상대가 들어와도 꼼짝도 않고
인사도 악수도 없는 저 무례와 푸대접

주인 의자 약간 높게 손님 의자 약간 낮게
야비한 잔재주로 차별한 적도 있었지
왜구의 섬나라 근성 저렇게도 작은가

그래서 품격이 밴댕이 소갈머리라던가
문득 생각난 까맣게 잊었던 서툰 일본말
혼또니 시마구니 곤조가 와루이데스네

함정에 빠질라

신흥 아테네에 대한 스파르타의 견제가
무력으로 해결하는 전쟁으로 이어졌다
이런 걸 투키디데스의 함정이라 하던가

너한테는 안 판다 나도 안 산다 네 물건
짓궂은 놀부 심술에 흥부도 골이 났네
동해에 투키디데스 태풍이 부는가

기분 좋은 예언

세계에서 가장 자극적인 나라 되리라

투자의 귀재 짐 로저스가 한반도 통일국가를 예상하고 한 예측 그는 역사에 비춰 본 혜안으로 리먼 사태 중국의 대두 트럼프의 당선 북한의 개방 등 수많은 예상을 적중시켰다 '아시아의 세기'가 눈앞에 전개될 날이 머지않았다는 그는 한국은 세계에서 가장 매력적인 나라로 변모를 거듭하겠지만 일본은 쇠퇴일로를 걷고 있어 50년 후에는 세상에서 사라질지도 모르고, 유사 이래 최대 채무국인 미국 경제도 조만간 비극을 맞이한다고 했다 남북이 통일되면 한국 경제가 안고 있는 문제는 모두 해결될 것이며 전 세계 자본이 한반도에 유입될 것이다 남북통일이 실패할 유일한 요인은 미국이며 중국과 러시아를 견제하려는 한국의 미군 기지를 무슨 일이 있어도 유지하려

할 것이라면서 이런 기분 좋은 예언을 되풀이했다

한국이 가장 행복한 나라가 될 것이다

성 프란치스코의 기도

태극기 부대로 이미지가 훼손됐는가
개천절에도 태극기를 달지 않는구나
인간과 만물을 널리 이롭게 하는 날

저들의 시위는 폭력으로 얼룩지기 일쑤
정치는 사라지고 증오만 이글거렸다니
미움이 있는 곳에
사랑을 가져오게 하소서

우리는 개*

물라면 무는 진흙탕 싸움을 벌이고서
토끼를 잡은 후 삶아 먹힐 처지라더니
도리어 주인을 물어뜯는 형국이 되었나

* 어느 검사가 "우리는 개다. 물라면 물고 물지 말라면 안 문다"고 자
조한 적이 있었다. 泥田鬪狗/兎死狗烹/狗咬主人.

성자와 악마

국민 앞에 겸손한 힘센 공권력의 모습
인권을 존중하는 겸허한 자세 돋보여
겸손은 성자의 길
오만은 악마의 길

돈

돈을 사랑하는 것이 모든 악의 뿌리지만
부족하거나 고이면 죽게 되는 피 같은 것
피처럼 골고루 베풀어야 건강한 복지국가

정의는 각자에게 자기 몫을 챙겨주는 것
아우구스티누스는
정의 없는 국가는 강도떼와 같다고 했지

주둔비 인상 압력

성철은 산은 산이요 물은 물이라 했는데
개 눈에는 세상에 똥만 보이는 형국인지
트럼프의 눈엔
산도 돈이요 물도 돈인가

중국과 러시아를 견제하려 주둔하고선
그 비용 올려 받아 쟁여놓고 이자놀이
그 소문 뜬소문이기 바라는
허탈한 심경

기이한 현상

큰 나라 섬기다 멍든 역사 잊었는가
성조기 들고 행진하는 희한한 시위대
다윗의 별까지 쳐든
사대事大의 보수 행태

참행복

감사해서 행복해하는 사람도 있고
행복해서 감사해하는 사람도 있지만
진정한 행복은 역시 감사해서 얻는 것

닮아가기

싫어서 흉보면 흉보면서 닮아가고
좋아해서 바라보면 보면서 닮아가듯
성자를 우러러보니 성자를 닮아가네

앙겔라 메르켈

독일의 앙겔라 메르켈 총리는 동독 출신
공산국가 출신 여성의 16년 집권으로
독일이 공산화되었나
발전하지 못했나

마음에 안 들면 '빨갱이'가 되는 풍토
대통령까지 빨갱이로 모는
분단 세력은
꿈에도 생각하지 못할
저 엄연한 현실

기우제 시말

가뭄 때면 사직단과 모든 국사봉에서
온 백성이 기우제로 비를 기원했는데
어쩌다 인디언 기우제*를 포도청이 지내니

마른하늘 천둥 번개 연일 엄청 요란하여
우레비가 억수로 쏟아지려니 했는데
는개만 부슬대더니 안개 되고 말았네

* 비가 올 때까지 지내는 기우제.

미투시대

세상이 달라져 미투* 칼날 사정없네
쾌락은 찰나이고 후유증은 평생이라
허리끈 아래는 묻지 마
그 말부터 잊어라

* me too(나도 당했다).

코로나 19

보이지도 않고 세균도 아닌 바이러스
만물의 영장들 속절없이 무릎 꿇어
일상과 역사의 방향 바뀌고 달라지네

생필품 사재기 수준 낮은 의료 체계
선진국 민낯에 환상과 신화 깨지며
높아진 우리 위상에 자부심 치솟고

뭉치면 죽고 흩어지면 사는 방역防疫시대
공기의 질이 좋아진 드높은 푸른 하늘
환경을 복원할 주체 누군지 일러주네

하느님 나라는 너희 가운데 있다
그래선가 일상이 그리워 몸부림친다
우리의 일상생활이 천국 생활이었나

돈 황제 이미지

사람을 겉모습으로 판단 말라 했는데
추남으로 보이더니
흉물로 보이는구나
이성理性이 어쩔 수 없는
마음속이 치밀어

구름 인생

득통화상*과 서산대사의 게송과 같이
태어남과 죽음은 뜬구름 같은 것
인생도 생김새 다른 구름처럼 제각각

안개구름, 새털구름, 비늘구름, 양떼구름,
화려한 병풍구름, 거창한 두루마리구름,
눈길을 끌다 어느새 흩어지는 뭉게구름,
흰 구름, 비를 몰고 오는 먹구름까지…

저기 저 푸른 하늘 뜬구름은 누구일까

* 得通和尙 : 고려 말 조선 초 고승.

평화와 통일

군자는 서로 다름을 인정하고 화합하나
소인은 같은 듯하지만 어울리지 못한다*
평화는 다름을 인정하는 것이라는 가르침

남북은 한민족이고 같은 말을 쓰지만
민주공화 임기제와 세습독재 종신제
통일은 서로 다른 악기를 연주하는 심포니

* 和而不同 同而不和.

36

'피해에 미안'이 없는 이유?

사랑의 아름다운 가게를 시작하신 분
함정에 빠진 듯 아름답지 못한 마무리로
세상을 밝히던 빛 하나 별안간 사라졌네

어두웠던 등잔 밑이 희미하게 드러나니
도道가 높은 곳 마귀가 번성한다*는 말씀
약하고 엎어지기 쉬운 인간 본성 실감하네

* 道高魔盛.

살기 좋은 나라

'한국은 부자'라던 트럼프의 말 맞는가

2020년 9월 15일 미국의 사회발전조사기구*는 한국이 전 세계 163개국 중 '살기 좋은 나라' 17위로 6단계 상승했다고 발표했다 노르웨이가 3년 연속 1위였고 덴마크 핀란드가 뒤를 이었다 아베의 일본은 10위에서 13위로 밀려났고, 트럼프의 미국은 2018년 25위, 지난해 26위에 이어 올해 28위로 계속 밀려났다

첫째가 꼴찌 되면서 꼴찌가 첫째 되려나

2021.

* 미국 비영리단체인 사회발전조사기구Social Progress Imperative는 매년 사회발전지수(SPI : Social Progress Index)를 발표한다.

사회복지세

땅은 모든 생물에게 베푼 자연의 선물
그냥 차지하거나 강탈해 온 유산일 텐데
그것을 사고파는 게
당연한 행위일까

식물은 땅에서 필요한 것만 흡수하지만
아파트와 땅을 사재는
속물 오적五賊들은
머리 둘 곳조차 없는 서러움만 덧낼 뿐

토지 소유로 생기는 모든 불로소득
몽땅 복지세로 걷는
나라의 보이는 손
정의와 평화를 위해 지켜야 할 황금률

결손가정

암수의 쾌락으로 창조되는 자연의 섭리

그 섭리를 거스르는 열매 없는 과수원

자갈밭 길바닥만을 골라 씨를 뿌리네

꾼들의 민낯

토론과 타협으로 공동선을 마련하여
백성의 눈물을 닦아주는
정치는 없고
날마다 불편과 짜증만 돋우는 4류 행태

서로 못 잡아먹어 안달하는 저질 비난
콩과 콩깍지는 한 뿌리에서 자랐건만
어째서 그리 급하게
서로 들볶아 대는가*

* 本是同根生 相煎何太急. 삼국지에 나오는 조조의 아들 조식의 칠
보시 七步詩에서 인용.

죄의식

죄의 문화에서 생겨난 최후 만찬 제사

내 탓이오 가슴 치기 전부터 시작해
서른 번 넘게 용서와 자비를 빌며
먹기 전에 함께 씻고 또 씻는데…
방금 있었던 일은 금방 잊어버리면서
30년 40년 전 그 잘못 생생히 떠올라
씻고 씻어도 씻기지 않는 죄의식
아리고 괴로워 잠 못 이루는

어둠 속 시시때때로 어지러운 반딧불

그리스도인의 삶

그리스도인의 삶을 쉬운 말로 요약한
"잘 씻고
잘 먹고
잘 싸라"는 강론 말씀*

'씻고'는 고해성사
'먹고'는 영성체
'싸라'는 넉넉하게 베풀고 나누라는 권고

---

* 고석준 신부의 강론.

늙은 건망健忘

까마귀 고기는 구경도 못 해봤는데
돌아서면 깜박 까맣게 잊어버린다
노인의 좌절이라던 이가
누구였더라?

헌금 타령이었네

그럴싸한 목사님의 설교에 감동하여
천상병 시인처럼 발길 돌릴까 했는데

마지막 당부 말씀이
"십일조를 내세요"

형제

청와대 티모테오와 백악관 요셉의
2천 년 해묵은
형제애가 솟아났나
만난 지 얼마 안 되어
"형제"라 부르네

두 분이 잘 아는
프란치스코 교종이
등을 떠밀고
조언으로 부추기니
충만한 은총 속에서
모든 게 잘되리라

창조의 정성

푸른 사명 완수하고
쌓인 메마른 낙엽

잎살 빠진 엽맥의 정교한 얼개를 보고
나뭇잎 하나하나에 쏟은
그 정성에 놀란다

그보다 백배 천배 만배 더 정교한
사람의 몸

그 몸에 새겨진 정성 어린 손길
상상하며
무릎을 꿇는다

이상한 미국

일본은 먹고 먹을 쌀米로 米國이라 쓰고
한국은 아름다울 미美로 美國이라 쓰는데
언제나 미국의 품엔
일본제국 먼저다

유권자 등록제 금권선거의 비민주성에
대통령 선거에서 최다 득표자가 낙선하는
미국이
민주주의의 표본 행세 하다니

흑역사

황국신민 양성하다 긴 칼을 차고 싶어
충성 맹세 혈서로 일본군 장교 되더니
마침내 민주 헌정을 짓밟고 쓴 흑역사

군부에 시달려온 버마에 또 쿠데타
총으로 흥한 자 총으로 망한 교훈이
흑역사 쓰는 군부엔 헛소리일 뿐인가

환생경제

동물국회 「동물농장」* 동물들의
2004년 〈환생경제〉 연극에서
대통령을 노가리 개구리라 부르고
암놈 한 마리는
"불알 찰 자격도 없는 놈 육시랄 놈"
쌍욕을 마구 퍼붓자

동물농장 나폴레옹의
새끼 암퇘지가
깔깔대며 박수를 쳤다

청와대는 빨갱이 집합소라 을러대며
국가의 정체성을 따지던
그 암퇘지는 이제 503으로 변신했고

술 취한 노가리 역 주인공은 뜬금없이

"노무현 대통령이 울고 계신다"는 숭모崇慕로

잊었던 〈환생경제〉를 새삼 불러내누나

* 조지 오웰의 우화 형식 소설.

광야

나비로 탈바꿈하는 누에의 좁은 광야
고치의 작은 구멍을 빠져나오기 위해
온몸으로 온 힘을 다해 몸부림치는 나방
고통 중에 몸과 날갯죽지가 튼튼해져서
마침내 광야를 지나 훨훨 날아오른다

이집트를 힘겹게 탈출한 노예 이스라엘
척박하고 황량한 시나이 광야를 거치며
불신과 탐욕으로 빗나간 황금 송아지 숭배
온갖 갈등의 성장통으로 거듭난 백성 되어
마침내 요르단 느보산에 이르러 저 멀리
젖과 꿀이 흐르는 가나안을 바라보았다

나그네 인생도 백성을 보살피는 나라도
거칠고 험악한 광야를 뚫고 나아가야

소망을 이루고 번영한다는 것은
만고의 진리

반딧불 유혹

청정 지역 시골의 어두운 여름밤
허공에 수놓는 보석 같은 별빛들

짝을 유혹하려 꽁지에 불을 켜고
날아다니는 반딧불이의 군무群舞

맹독성 빛을 내는 개똥벌레에
채신머리없이 혹한 왕 두꺼비들
냉큼냉큼 삼켰다가
바로바로 가더라

파리들 동네

해를 보고 달이라고 우기는 바보와
달을 보고 해라고 우기는 바보가
시비를 가려달라고 행인에게 물으니
난감한 듯 도리도리 고개를 젓다가
이 동네 안 살아 몰라요 밑천 드러내
차라리 쩍 벌리고 앉아 본전이나 챙길걸

나무가 죽어서 말한다

하늘로 쭉쭉 뻗어가던 키 큰 소나무
강풍에 갑자기 무릎이 꺾여
푸른 잎들이 갈색으로 바뀐 채
처참한 모습으로 누워 있다

옆에서 함께 우쭐대던 작은 나무들도
쓰러지는 나무에
가지가 꺾이고 눌려서
살아가기 힘겨워졌다

숲속의 어느 나무도
바로 이 시기에 저렇게
튼실하던 줄기가 꺾여
큰 나무의 일생이 끝날 줄 몰랐다

나무가 죽어서 하는 말
바람결에 들려온다
"언제 어디서 어떻게 죽을지는
아무도 모른다"

오솔길 수행 修行

숲속 오솔길을 혼자서 걷고 있으면
비둘기 까치 참새 꿩…
먹이를 찾아 쪼아대는
이름 모를 산새들을 만난다

새들과 말을 했다는 평화의 사도
성 프란치스코가 떠올라
애써 평화로운 기운을 풍겨보려
자연스럽게 조용히 걷는다

푸드덕 호젓함을 깨뜨리고
새들이 날아가 버리면
아뿔싸 아무리 가만가만 걸어도
내게 해치려는 기운이 있구나 싶어
실망하며 스스로 반성 모드에 빠진다

새들이 슬금슬금 비켜만 주면

내게도

성인의 평화로운 기운이 풍기는구나

희망이 없지는 않구나

용기를 내며 꾸준한 수행을 다짐한다

한국은 선진국

한국이 선진국으로 공식 선언 되었네

국제연합 무역개발회의UNCTAD가 2021년 7월 2일 한국의 지위를 개도국에서 선진국 그룹으로 변경했다 1964년 UNCTAD 설립 이후 이런 변경은 처음이란다 한국이 세계 역사의 한 페이지를 장식했음에도 짤막한 보도 덤덤 차분하다 축제도 불꽃놀이도 없었다 이미 사실상 G8인 까닭일까

이만큼 높아진 국격 단군 이래 있었나

저녁노을

사도 바오로는 가시가 줄곧 몸을 찔러
그것을 없애달라고 세 번이나 청하다가
주님의 뜻임을 알고 기쁘게 받아들였다

인생 임기 끝나가니 곳곳에서 레임덕
무릎 허리 어깨 눈 귀 이빨… 고장 잦아
친구로 삼으라지만 쉬운 일이 아니네

백 세 건강법

모두의 건강을 비는 한결같은 마음에서

1932년생 허정 교수가 말하는 건강 지혜 중 솔깃한 것을 간추려 보면 - 커피와 술은 몸이 허락하는 적정선까지 마음껏 마셔라 기분 좋게 자기 마음대로 사는 것이 언제나 9988 할 수 있는 비법이다 닭고기는 어떤 병에도 나쁘지 않다 당뇨병이나 고혈압 등에 좋지 않다는 근거가 없고 고기 없는 채식은 위험하다 블랙커피는 위장과 심장에 좋지 않아 반드시 크림이나 우유를 넣어 마셔야 한다 감기는 추워서 걸리는 게 아니라 바이러스에 의한 전염병이다 단음식을 먹어도 당뇨병이 안 생긴다 설탕을 먹으면 당뇨병 환자가 된다는 건 매우 소박한 논리의 비약이다 암은 유전병이 아니고 탄 음식을 먹는다고 생기는 것도 아니다 노인일수록 잠을 적게 자서는 안

된다 나이가 들면 주간 활동에 따른 피로가 심하고
회복에도 많은 시간이 필요하다

일평생 후배 의사 길러내며 체득한 의문보감醫門寶鑑

2021.

불쌍한 죄인

어느새 가을이 지나 겨울이 깊어가니
죄로 얽힌 봄여름이 잠을 설치게 하네
멀찍이 서서 가슴을 쳐도 의롭게 될는지*

* 루가 18, 13 참조.

꽃자리의 겨울과 바람

한국의 개나리꽃 너무나 아름다워
호주 시드니에 가져가 심었더니
줄기만 자라고 꽃은 피지 않았다
겨울이 시드니에는 없기 때문이었다

유리로 에워싼 공간에선 공기와 물
영양가 풍부한 토양과 햇빛에도
나무가 자라지 않고 쓰러져 버렸다
바람이 밀실 속에는 없기 때문이었다

겨울과 바람, 고통과 시련이 있어야
식물과 인간의 삶도 온전하다는 철리
흔들리지 않고 피는 꽃이 어디 있으랴
도종환 시인의 시심과도 곧바로 통하는

반전反轉 역전

역전의 시대 추월의 시대를 사는 청년들

8·90년대 한국이 동경했던 일본의 거품이 어느새 꺼지기 시작했다 1990년대 일본에 비해 현저히 열세를 보였던 한국의 국가·제조업 경쟁력과 1인당 국내 총생산GDP 등이 30년 만에 일본을 추월했다 1995년 국가 경쟁력 순위에서 일본은 4위 한국은 26위였으나 지난해 한국이 23위를 차지하며 34위에 그친 일본을 제쳤다 1인당 GDP는 지난해 한국이 4만 4621달러 일본은 4만 2248달러였다 한국의 2·30대 청년들은 한국이 압도한다고 생각하는 반면, 텔레비전 휴대전화 조선 기술이 일본을 앞서리라고는 상상도 할 수 없었던 노년들은 아직도 '엽전'이라 자조하며 일본에 대한 묘한 열등감을 가지고 있다

사고의 전환이 필요하다 노년들아 깨쳐라

2021.

통일 비결

병아리가 계란 안에서 껍질을 쪼고
그 소리에 바깥의 어미가 껍질을 쪼는
안팎의 줄탁동시啐啄同時로 병아리가 나온다

서독은 대가 없이 동독을 계속 지원했고
동독은 민주화 시위로 혁명을 일으켰듯
남북이 종전 선언 하면 줄탁동시 될는지

백 세 장수시대의 백수

백百 세에 한 살 모자라는 99세 백수白壽보다
각박한 현실에서 더 흔하고 실감 나는
백수白手는 돈 한 푼 없이 빈둥대는 빈털터리

누가 불러줘야 외출하는 외로운 백수
마누라도 포기한 마포 백수도 있지만
활발한 봉사활동을 하는 모범 백수도 있다

온갖 풍상을 겪다 지는 팔순 백수 낙엽이
우울증으로 처지는 몸과 마음 추스르고
먼지로 사라질 때까지 백수白水* 넉넉하기를

* 티 없이 맑은 마음을 비유적으로 이르는 말.

사회주의

민주화 동독 혁명을 주도한 퓌러 목사
"사회주의는 그리스도교의 아들이며
최초의 사회주의자는 예수"라 외쳤다

초대교회 신자들의 공동체는 아무도 자기 소유를
자기 것이라 하지 않고 모든 것을 공동으로 소유하
였다 그들 가운데에는 궁핍한 사람이 하나도 없었다
마련된 돈을 가져다가 사도들의 발 앞에 놓고 저마
다 필요한 만큼 나누어 받곤 하였다

아침부터 와서 일한 이들이나 오후 다섯 시쯤부터
일한 이들의 일당이 똑같아서 모두 한 데나리온씩만
받았다

퓌러는 이런 성경 말씀들을 떠올렸던가

그가 제시한 탐욕의 자본주의 대안은

분배의 평등이 이상인 민주 사회주의

혁신강국

이제 우쭐댈 수 있고 우쭐댈 만하다

우리나라는 UN 산하 기구인 세계지식재산기구WIPO
가 발표한 글로벌 혁신지수에서 역대 최고인 5위를
차지했다 아시아 1위다 싱가포르가 8위 중국 12위
일본 13위
  1위를 차지한 항목은 인구 대비 연구원, 정부 온라
인 서비스, 전자정부 온라인 참여, 하이테크 수출 비
중 등 문재인 대통령은 "'혁신강국 대한민국'의 위상
을 확고히 하게 됐다"고 평가했다

한국이 선진국 이름값을 하고 있지 않은가

2021.

그 집의 흉년

저기 저 집 굴뚝에서는 연기가 안 나네
학교 앞 노점상 여주인이 이상해했다
옆에서 그 집 애가 듣고 있는 줄 모르고

보리개떡도 마련 못 하는 답답한 절망 속
열한 명 식구가 굶은 채 누워 있는 그 집
난민촌 헐벗은 삶을 떠올려 주던 그 가난

비천한 아기 침상

구유에 누인 아기 예수 기리는 성탄절

가장 작은 이들 가운데 한 사람인 구세주
김수환 추기경의 성탄절 메시지에서는
굶주린 그리스도 헐벗은 그리스도였다

교종으로 선출되자 가난한 이의 성자
성 프란치스코를 이름으로 선택한
역대 266명 중 처음이자 유일한 교종

교종은 권고 말씀인 『복음의 기쁨』에서
교회가 지향해야 할 모습을 명시했다
"가난한 이들을 위한, 가난한 이들의 교회"

성탄절 성당마다 설치되는 사치스러운

‘예수님 탄생 마구간’

가난이 보이는가

---

* 마태 25장 40, 45 참조.

천박한 인식 1

노동자의 수호자 성 요셉의 직업은 목수
구세주 예수도 가업인 목수 일을 하여
노동의 품위가 높아지고 신성하게 되었다

도둑놈 사기꾼 범죄자만 상대하여
노동에 대한 천박한 인식을 드러냈는가
"손발로 하는 노동은 아프리카에서 한다"

땀 흘리며 하는 일을 경멸하는 현실에선
신성하지 않은 노동은 십자가일 뿐이고
품위가 없어진 노동은 고통일 뿐이다

천박한 인식 2

노동자 산업재해 사망률 세계 1위
사망 노동자 한 명당 벌금 450만 원
기업이 벌금 무서워 안전 조치 하겠나

2007년에 '기업살인법'을 제정한 영국
벌금 최소액 약 8억 원 법 시행 후
사망률 절반 이상이 줄고 제로를 지향

2021년에 제정된 중대재해 처벌법
적용 유예와 제외된 사각지대 많아
기업주 책임은 모래 쑤신 미꾸리 되었다

위험을 하청 받은 비정규직 사망 사고에
안전 조치 없는 게 노동자의 잘못이라니
사망은 숨을 못 쉬어 죽은 자의 책임인가

녹명 鹿鳴

물은 낮은 데로 흐르면서
섬길 뿐 다투는 일 없이
모든 것을 이롭게 하니
물처럼 살아가라고
상선약수 上善若水라 하는데

짐승들은 먹이를 보면 혼자 먹으려
건드리면 으르렁거리고 물지만
사슴만은 함께 먹자고
울음소리로 다른 사슴을 부르니
상선약녹 上善若鹿이라 하면 어떨까

꽃보다 아름다운 사람들이 가꾸는 세상
상선약수가 살아 움직이는 세상
사슴의 울음소리 들리는 세상

78

8전 9기

사서오경四書五經 중 여덟 과목에 불不 등급 받아
서원에서 쫓겨나 퇴출되는 유생이 팔불출八不出

좀 모자라고 어리석은 이를 지칭하여
업신여기며 조롱하는 말이 팔불출인데

여덟 번 떨어진 후에 합격하면 걸출傑出인가

바람보다 먼저 누웠다가

박정희도 죽고 전두환 노태우도 죽었다

맘 놓고 말해도 된다
큰 소리로 외쳐라

흉악한 파쇼 후예들아
물러가라
꺼져라

열반涅槃

살아 있는 부처 틱낫한 스님의 열반 소식
죽음이 있음은 사망
죽음이 없음은 열반
한평생 불도를 닦은 덕 높은 이의 이정표

마지막 첫 세대

설에는 집에 오나? 안 가요 못 가요
조상도 없어지고 자식도 나가버린 세태
제사도 성묘 효도도 흐려지고 차가워

울산의 2030

대한이 지나자 메말라 죽은 것 같았던
앙상한 나뭇가지 마디마디 볼록하다
살았다 살아 있었다 움들이 봄을 연다

2022. 2. 2.

중국이여 정의를 실현하라

중국 올림픽 개회식 한복이 떠올려 준
동북공정東北工程 문화공정

역사 문화 풍습이 다른 소수민족들을
중국의 호주머니에 구겨 넣으려는 수작

티베트 신장위구르 홍콩 대만… 인권 단체들이
세계 곳곳에서 벌이는 반중 시위
구겨지지도 들어가지도 않으려는 몸부림

모든 이를 위한 창조물을
혼자 움켜쥐려는 탐욕
거기엔 정의도 평화도 없다

정의는 각자의 몫을 챙겨주는 것

중국이여! 중국이여!

속이 시커먼 공정질 그만두고

탐심에서 해탈하여 정의를 실현하라

무위자연無爲自然도 떠올리면서

사제단이 나섰다

마침내 정의구현 사제단이 나섰다
조폭 무당이 어퍼컷을 날리는 굿판
그 굿판 둘러엎으려 채찍 들고 외쳤다

공동선 추구하는 사랑의 형태인 정치
그 정치를 훼방하는 언론 검찰 법원
언론은 불편부당 양심껏 보도하지 않고
검찰은 누구는 조사도 없이 기소하고
누구는 조사에 불응해도 눈을 감는다
법원은 보험금 수십억 먹어도 무죄인데
표창장 의혹으로 징역 4년을 선고한다
검찰청이 북 치고 법원이 장구 치며
없는 죄는 만들고 있는 죄는 덮는다

너무나 노골적인 샤머니즘인 정치행태
점 보고 사주팔자 따지며 '법사'에 기댄다

〈판문점선언〉〈평양선언〉을 정치 쇼라며
평화는 말이 아니라 힘이 보장한다고
북한을 주적으로 명시하겠다면서
'선제타격'과 '킬체인' 운운하고
사드 추가 배치를 공언한다
정전체제를 종전체제로 바꾸고
나아가 평화체제로 발전시키려는
노력을 일거에 막으려 한다

사제단은 이런 걱정스러운 현실을 직시하며
자기와 모두에게 이롭고 정의로운 선거
모두가 올바로 잘 사는 나라를 기원했다

2022. 2.

죽음은 없다

죽음은 허망한 형상形相이 없어지는 것

나타났다 사라지는 한 줄기 연기
하늘에 떠 있다 없어지는 한 조각 뜬구름

석가모니가 죽음을 앞두고 편안했던 건
죽음이 없다는 걸 알았기 때문

삶과 죽음을 하나로 본 예수에겐
하느님 안에서의 죽음은 삶의 한 과정

예수도 석가모니도 오고 감*을 알았다

* 生死來去.

88

녹명鹿鳴을 듣는 세상을 꿈꾸며

박시교 시인

1

시인은 자서自序 첫머리에 다산 정약용의 '불우국비시야不憂國非詩也'를 옮겨놓고 있다. 이 시집의 시편들을 통해 시인이 보여주고자 하는 생각을 미리부터 적시하였다고 할 수가 있다. 따라서 바로 지난번에 상재한 시집『시로 쓰는 반성문』의 연장선상에 놓아도 무방하다는 점을 은연중에 밝히고 있다.

정다산은 30대 초 젊은 나이에 경기도 일대를 둘러보는 암행어사가 되어 지방에 나갔을 때 백성들의 곤궁스러운 처참한 생활상을 목격하고, 그야말로 초근목피로

겨우 목숨을 연명하는 사람들의 곤핍함을 대하고 나서
이제까지의 관념에 갇혔던 생각이 얼마나 하잘것없는 허
상이었던가를 깨닫는다. 그 무렵에 쓴 「기민시飢民詩」 몇
편은 다산의 당시 심정을 빌려 궁핍한 사회 현실을 적나
라하게 보여주는 일종의 고발시라고 할 수가 있다.

  그러면 시인이 호명한 다산의 시대와 몇 세기를 달리
한 지금의 우리 형편은 어떤가. 이 근래 천정부지로 치솟
은 아파트값으로 해서 사람들의 삶의 거처인 집 걱정에
내몰린 대다수 서민들의 고충이 그 어느 때보다도 심각
하다. 이러한 현실을 바라본 시인의 시 한 편을 먼저 옮겨
읽기로 하자.

  땅은 모든 생물에게 베푼 자연의 선물
  그냥 차지하거나 강탈해 온 유산일 텐데
  그것을 사고파는 게
  당연한 행위일까

  식물은 땅에서 필요한 것만 흡수하지만
  아파트와 땅을 사재는
  속물 오적五賊들은
  머리 둘 곳조차 없는 서러움만 덧낼 뿐

토지 소유로 생기는 모든 불로소득

몽땅 복지세로 걷는

나라의 보이는 손

정의와 평화를 위해 지켜야 할 황금률

—「사회복지세」 전문

　'사회복지세'가 실제로 정치권 일각에서 거론되고는 있지만 법제화까지는 더 많은 논의와 사회적 공감대가 필요할 것이다. 그런데 이 시를 읽으면서 작금의 암울한 우리 사회의 현실에 비춰 볼 때 더 강도 높고 엄중한 제도의 법제화가 필요할 것 같다는 절실한 생각을 잠시 해보았다. "식물은 땅에서 필요한 것만 흡수하지만/ 아파트와 땅을 사재는/ 속물 오적들은/ 머리 둘 곳조차 없는 서러움만 덧낼 뿐"이라고 지적한다. '오적五賊'! 어디서 듣던 익숙한 말이다. 거슬러 올라가면 나라를 팔아먹은 대신大臣오적에서 시작하여 독재정권의 서슬 퍼런 칼날을 휘둘렀던 권력의 오적이 있다. 작금에는 서민들의 고단한 몸 둘 곳 작은 거처 집을 부의 축적 수단으로 탈바꿈하게 만든 행정行政과 금권金權의 결탁을 오적이라고 지적한다. 이 자본시대의 아이러니를 우리는 어떻게 받아들여야 할 것인지 자못 처연해지지 않을 수 없다. 그러나 분명한 것은 이것이 오늘을 사는 이 땅 우리의 냉엄한 현실이라는 사실이다.

인용한 「사회복지세」는 시조 작품이다. 운율상 보법 하나 흐트러짐 없는 세 수 연시조이다. 허종열 시인은 앞서 낸 시집들에서도 여러 편의 시조를 이미 선보인 바 있다. 그런데 이번 시집에서는 수록 작품 전편의 다수인 마흔아홉 편이 시조이고, 또 이들 가운데 열 편이 사설시조이다.

여기서 단시조 한 편을 더 옮겨 읽기로 한다.

세상이 달라져 미투 칼날 사정없네
쾌락은 찰나이고 후유증은 평생이라
허리끈 아래는 묻지 마
그 말부터 잊어라
　-「미투시대」 전문

근래 몇 년래 이 땅에 마치 회오리바람처럼 휩쓸고 간 사회현상 사건이 바로 미투me too였다. 차세대 유력 대권 주자로 촉망받던 젊은 정치인이 한칼에 쓰러지고, 촛불 혁명 덕택에 호출되어 선출된 두 사람의 시장이 스스로 목숨을 끊거나 무릎 꿇었고, 내로라하던 각 분야 유명 인사들이 줄줄이 가면을 벗고 민낯을 드러내는 사태를 맞이해야만 했다. 늦은 감이 없지 않지만 그렇게 사내(?)들의 전통 권위시대가 참담하게 무너졌다.

이 같은 사태는 거역할 수 없는 사회 변혁의 한 파고波高였으니 민주화의 거역할 수 없는 물결 못지않은 시대의 거센 소용돌이였다. 이와는 또 다른 무서운 파고로 인류 전체에 불어닥친 시련이 또 하나 있다. 우리가 살고 있는 지구 전역을 휩쓸어 버린 역병 '코로나 19'의 위력이다.

연시조 한 편을 더 옮겨 읽기로 하자.

보이지도 않고 세균도 아닌 바이러스
만물의 영장들 속절없이 무릎 꿇어
일상과 역사의 방향 바뀌고 달라지네

생필품 사재기 수준 낮은 의료 체계
선진국 민낯에 환상과 신화 깨지며
높아진 우리 위상에 자부심 치솟고

뭉치면 죽고 흩어지면 사는 방역防疫시대
공기의 질이 좋아진 드높은 푸른 하늘

환경을 복원할 주체 누군지 일러주네

하느님 나라는 너희 가운데 있다
그래선가 일상이 그리워 몸부림친다
우리의 일상생활이 천국 생활이었나
　－「코로나 19」 전문

　두 해를 넘기고서도 좀체 주저앉을 기미를 보이지 않
던 역병이 다시 '오미크론'이라는 변형의 탈을 쓰고 마치
거센 쓰나미가 덮치듯이 세상을 휩쓸고 있다. "만물의 영
장들 속절없이 무릎 꿇어/ 일상과 역사의 방향 바뀌고 달
라지"게 한 이 역병의 거센 파고 앞에 인간은 미물과 다름
없는 하찮은 존재라는 것이 여실히 증명되었다. 그리하
여 코와 입을 가리는 마스크를 써야 하고, 사람과 사람 사
이에 '거리두기'를 해야만 해서 "뭉치면 죽고 흩어지면
사는 방역시대"를 살고 있는 것이다. 이것은 분명 그동안
우리 인간이 추구해 왔던 일상이 아니다.

　그러나 시인은 절망만 하지 않는다. "공기의 질이 좋아
진 드높은 푸른 하늘/ 환경을 복원할 주체 누군지 일러"
준 것이 교훈이라고 명시한다. 그러면서 "하느님 나라는
너희 가운데 있다"라고 일깨우면서 이제까지의 일상의

그리움을 깊이 깨달았으니 그것만으로도 다행이라는 위안을 곁들이는 한편으로 "일상생활이 천국 생활"이라는 깨달음을 얻게 되었다고 적시한다.

2

허종열 시인의 시적 사회성을 엿볼 수 있는 작품은 대개 사설시조에 집중되어 있었다. 사설이라고 하는 시 형식의 본질 지향에서도 그러하지만 앞에 든 작품들보다는 비판의식의 농도가 한결 더 짙고 농밀한 것을 살펴볼 수 있었다. 그것은 사설 중장의 활용 극대화와 함께 기사記事 형태의 차용을 통해 주장하고자 하는 바를 뒷받침해 주고 있었기 때문이다. 자칫 율격의 지나친 듯한 배제로 시적 건조함이 수반되는 단점을 내비치기도 했지만, 그만의 독특한 한 형식을 충실하게 펼치고 있다는 점에서 개성으로 보아도 무방하겠다는 생각이 들었다.

어쨌거나 시인의 사설은 특이한 것은 분명하다. 이제 열 편 중 한 편을 먼저 옮겨 읽기로 한다.

역전의 시대 추월의 시대를 사는 청년들

8·90년대 한국이 동경했던 일본의 거품이 어느새 꺼지기 시작했다 1990년대 일본에 비해 현저히 열세를 보였던 한국의 국가·제조업 경쟁력과 1인당 국내총생산GDP 등이 30년 만에 일본을 추월했다 1995년 국가 경쟁력 순위에서 일본은 4위 한국은 26위였으나 지난해 한국이 23위를 차지하며 34위에 그친 일본을 제쳤다 1인당 GDP는 지난해 한국이 4만 4621달러 일본은 4만 2248달러였다 한국의 2·30대 청년들은 한국이 압도한다고 생각하는 반면, 텔레비전 휴대전화 조선 기술이 일본을 앞서리라고는 상상도 할 수 없었던 노년들은 아직도 '엽전'이라 자조하며 일본에 대한 묘한 열등감을 가지고 있다

사고의 전환이 필요하다 노년들아 깨쳐라
－「반전反轉 역전」 전문

역전의 시대를 사는 청년들과 사고의 전환이 필요한 노년들의 대비를 통해 우리나라의 현재 위상을 적시하려고 한 의도성이 상당한 작품이다. 자칫 '애국'이라고 하는 덫에 갇힐 수 있는 위험이 없지가 않지만 그보다는 우리의 오랜 그릇된 자조적 비하의 탈을 벗어버릴 때가 되었

음을 일깨우는, 충정이 앞서는 작품이라고 보아야 할 것이다.

여러 편의 수록 작품에서 이러한 면을 읽을 수 있었는데 그 가운데서도 사설시조에 더 집중되어 있었다. 예컨대 1950년대 전후에 "한국에서 경제 재건을 기대하는 것은 쓰레기통에서 장미꽃이 피기를 바라는 것"이라는 단언을 서슴지 않았던 당시 UN 대사 메논의 지적을 빗댄 「한국 민주주의」나 한반도의 통일을 예상하며 "한국이 가장 행복한 나라가 될 것"이라 했다는 세계적으로 유명한 투자의 귀재 짐 로저스의 예언을 다룬 「기분 좋은 예언」 외에도 「한국은 선진국」 「혁신강국」 등 긍정적인 한국의 내일을 그리고 있는 작품들이 주를 이루고 있었다.

한 편을 더 옮겨놓는다.

'한국은 부자'라던 트럼프의 말 맞는가

2020년 9월 15일 미국의 사회발전조사기구는 한국이 전 세계 163개국 중 '살기 좋은 나라' 17위로 6단계 상승했다고 발표했다 노르웨이가 3년 연속 1위였고 덴마크 핀란드가 뒤를 이었다 아베의 일본은 10위에서 13위로 밀려났고, 트럼프의 미국은 2018년 25위, 지난해 26위에

이어 올해 28위로 계속 밀려났다

  첫째가 꼴찌 되면서 꼴찌가 첫째 되려나
  -「살기 좋은 나라」전문

  인용한 작품에서 시선을 끄는 대목이 바로 "아베의 일본"과 "트럼프의 미국"이다. 이제 그들 두 사람은 자리에서 물러났지만 우방이면서도 그들이 우리에게 미친 영향은 썩 좋지만은 않았던 기억을 떠올리게 하는 대목이다. 그리고 여러 작품에서 두드러지게 보이고 있는 나라 걱정이 이처럼 한 방향 외곬으로 두드러지게 묘사되고 있는 것을 목격하게 된다.

  이 점은 앞에서도 지적한 마치 신문 기사나 통계자료를 옮겨놓은 듯한 착각을 불러일으키게 하는 중장의 개성 강한 특별한 묘사와 함께 눈여겨보아야 할 대목이었다. 아무튼 시인의 사설은 보법에서나 율격에 있어서 특별한 데가 있었다.

  이제 이쯤에서 위에 지적한 점과는 전혀 그 형식을 달리하고 있는 사설시조 한 편을 더 옮겨 읽기로 하자.

  죄의 문화에서 생겨난 최후 만찬 제사

내 탓이오 가슴 치기 전부터 시작해

서른 번 넘게 용서와 자비를 빌며

먹기 전에 함께 씻고 또 씻는데…

방금 있었던 일은 금방 잊어버리면서

30년 40년 전 그 잘못 생생히 떠올라

씻고 씻어도 씻기지 않는 죄의식

아리고 괴로워 잠 못 이루는

어둠 속 시시때때로 어지러운 반딧불

　－「죄의식」 전문

　"반딧불"을 종장 종구終句로 놓은 이 사설시조는 앞에
열거한 작품들과는 그 형식적 작시법은 물론이고 내용까
지도 달리하고 있음을 목격하게 된다. 중장 전체를 의도
적으로 분절 행갈이 한 것도 그렇고, 종교적 한 성찰을 다
루고 있다는 점에서도 달랐다.

　종교 의식은 죄를 논하고 사함을 받는 것으로부터 시
작된다고 하는 「죄의식」은 시인의 종교에 관한 시적 행
보를 엿볼 수 있는 작품이었다. "씻고 씻어도 씻기지 않는
죄의식"의 종교적 번민으로 해서 "아리고 괴로워 잠 못 이

루는"밤과 '반딧불'의 상관관계는 대체 무엇일까?

전작 시집 『시로 쓰는 반성문』의 수록 작품 가운데서 한 편을 옮겨 인용하는 것으로써 그 해답을 가늠하려고 한다.

> 깨어 있으라는 말은
> 기억하라는 말
> 기억하라는 말은
> 생각하라는 말
> 생각하라는 말은
> 기도하라는 말
> 기도하라는 말은 결국
> 깨어 있으라는 말
> ─「깨어 있어라」전문

「깨어 있어라」와 「죄의식」을 '반딧불'과 관련지어서 해석해 보려는 것이 필자의 지나친 생각만은 아닐 것이라 믿는다. 따라서 시인의 종교적 심층은 어둠 속에 불 밝히는 작은 등불 반딧불의 겸허한 빛의 자세로 다가왔다.

3

이제 마지막으로, 앞에 언급한 종교적 삶의 연장선상
에서의 시인의 자세와 또 하나 어떤 마음가짐으로 사회
와의 소통을 바라는지에 대해 살펴보고자 한다. 이 장에
서 인용하려는 두 작품은 자유시이다.

먼저 신부의 강론을 바탕으로 하여 어떤 삶의 자세를
취하는 것이 바람직한가를 단시短詩로 갈무리한 작품을
먼저 옮겨 읽기로 한다.

그리스도인의 삶을 쉬운 말로 요약한
"잘 씻고
잘 먹고
잘 싸라"는 강론 말씀

'씻고'는 고해성사
'먹고'는 영성체
'싸라'는 넉넉하게 베풀고 나누라는 권고
　-「그리스도인의 삶」 전문

인간의 속성을 빌려서 참다운 신앙인의 생활 실천을

설파하고 있는 인용 시는 그 짜임과 내용 양면에서 상당한 성과를 거둔 것으로 평가되어야 마땅할 것이다. "잘 씻고/ 잘 먹고/ 잘 싸"는 사람의 평범하고 건강한 일상이 '씻고=고해성사/먹고=영성체/싸고=베푸는' 등식의 신앙인으로서의 마땅한 삶에 대한 자세로 연결되는 것에, 이 시의 묘미는 그 차원이 사뭇 다른 느낌으로 와닿는다.

그뿐만 아니라 짧은 시의 행간에 얼마나 깊고 융숭한 담론을 담아낼 수 있는가를 보여주는 한 예가 됨직하다는 생각을 갖게 했다. 비단 종교적인 삶에 국한하지 않더라도 오늘을 살아가는 사람들에게 시로써 한 메시지 역할을 충분히 하고 있었으며, 또 난삽難澁과 산만散漫이 시의 본래 모습을 압도해 버린 이즈음의 소위 현대시 작법 행태에 경종이 될 만하다는 생각이 들기도 했다.

한 편을 더 옮겨 읽는다.

물은 낮은 데로 흐르면서
섬길 뿐 다투는 일 없이
모든 것을 이롭게 하니
물처럼 살아가라고
상선약수上善若水라 하는데

102

짐승들은 먹이를 보면 혼자 먹으려

건드리면 으르렁거리고 물지만

사슴만은 함께 먹자고

울음소리로 다른 사슴을 부르니

상선약녹上善若鹿이라 하면 어떨까

꽃보다 아름다운 사람들이 가꾸는 세상

상선약수가 살아 움직이는 세상

사슴의 울음소리 들리는 세상

　－「녹명鹿鳴」전문

　이 글 첫머리에서 「사회복지세」「미투시대」「코로나 19」를 통해서 당면하고 있는 우리 시대의 암울한 현실을 바라보는 시인의 마음을 확인한 바 있다. 그런가 하면 바로 앞 장 「그리스도인의 삶」에서는 어떻게 살아가는 것이 올바른 삶의 자세인지도 새겨 읽을 수가 있었다. 그리고 이러한 생각의 연장선상에 놓인 작품이 바로 앞에 인용한 「녹명」이라고 필자는 읽었다.

　"꽃보다 아름다운 사람들이 가꾸는 세상"은 상선약수가 살아 움직이고, 사슴의 울음소리가 들려야 한다고 시인은 굳게 믿는다. 모든 짐승들은 먹이를 보면 혼자 배불리 먹으려고 으르렁거리며 뺏어 먹으려는 무리를 내치지만 오직 사슴만은 함께 먹자고 불러 모으는 울음소리를 낸다고 하면서. 그러면서 이 아름다운 상생의 모습을 상선약수에서 따온 말 '상선약녹'이라고 시인은 규정한다. 시인의 맑은 눈으로 바라본 지극히 밝은 세상, 그 속에서 피워낸 그의 시편들은 바로 향기를 머금은 꽃이다.

이제 필자는 다음의 말을 허종열 시인에게 전하면서 이 글을 마감하려 한다. "시인은 늙지 않는다. 다만 그 궁리窮理가 깊어갈 뿐이다."